기획의 말

그리운 마음일 때 'I Miss You'라고 하는 것은 '내게서 당신이 빠져 있기(miss) 때문에 나는 충분한 존재가 될 수 없다'는 뜻이라는 게 소설가 쓰시마 유코의 아름다운 해석이다. 현재의 세계에는 틀림없이 결여가 있어서 우리는 언제나 무언가를 그리워한다. 한때 우리를 벅차게 했으나 이제는 읽을 수 없게 된 옛날의 시집을 되살리는 작업 또한 그 그리움의 일이다. 어떤 시집이 빠져 있는 한, 우리의 시는 충분해질 수 없다.

더 나아가 옛 시집을 복간하는 일은 한국 시문학사의 역동성이 드러나는 장을 여는 일이 될 수도 있다. 하나의 새로운 예술작품이 창조될 때 일어나는 일은 과거에 있었던 모든 예술작품에도 동시에 일어난다는 것이 시인 엘리엇의 오래된 말이다. 과거가 이룩해놓은 질서는 현재의 성취에 영향받아 다시 배치된다는 것이다. 우리는 현재의 빛에 의지해 어떤 과거를 선택할 것인가. 그렇게 시사(詩史)는 되돌아보며 전진한다.

이 일들을 문학동네는 이미 한 적이 있다. 1996년 11월 황동규, 마종기, 강은교의 청년기 시집들을 복간하며 '포에지 2000' 시리즈가 시작됐다. "생이 덧없고 힘겨울 때 이따금 가슴으로 암송했던 시들, 이미 절판되어 오래된 명성으로만 만날 수 있었던 시들, 동시대를 대표하는 시인들의 젊은 날의 아름다운 연가(戀歌)가 여기 되살아납니다." 당시로서는 드물고 귀했던 그 일을 우리는 이제 다시 시작해보려 한다.

거꾸로 선 꿈을 위하여

문학동네포에지 052

진이정 시집

거꾸로
선
꿈을
위하여

시인의 말을 대신하여

메시지를 파괴하기 위해 나는
애써 남이 모르게 말하려고 한다.
그 방법론을 '모르게 하기'라고 이름 지어본다.
파괴된 메시지, 그것이 내 형식이며,
그런 의미에서 나는 자랑스러운 형식주의자다.
그리고 이러한 제스처는 궁극적으로
침묵과 연대하기 위한 전략의 일부분일 뿐이다.
—진이정, 「모르게 하기를 위하여」 중에서

『거꾸로 선 꿈을 위하여』는 1993년 11월 진이정 시인이 타계하고 두 달 만에 세상에 나온 시집이다. 시인의 첫 작품이자 유고집이 된 이 시집은, 아쉽게도 오랜 시간 절판 상태로 있다가, 28년이 지난 올해 다시 출간을 하게 되었다.

10여 년 만에 그의 시를 다시 읽어본다. 강산이 세 번 바뀌는 시간이 흘렀지만, 그의 표현을 빌려 말하자면 젊은 날 그의 구체적인 아트만들은 영영 사라졌지만, 그의 시들 속엔 아직도 생생한 젊음이 살고 있다. 나는 그의 시가 긴 세월 언어의 산화를 견디며 더욱 새로워져 있다는 것에 놀란다. 생전에 그는 당시의 시적 트렌드나 패러다임과는 다소 거리가 있는 곳에서 시를 썼고, 그 때문에 외로웠지만, 그만의 방외의 언어를 끝까지 고수했기에 비로소 낡지 않는 새로움을, 새로움의 시적 영토를 갖게 되었다. 적어도 나는 그렇게 생각한다.

이 시집엔 총 40편의 시가 실려 있다. 그중 「거꾸로 선 꿈을 위하여」 연작을 포함한 절반 이상의 시는 그가 세상을 뜨기 직전에 몰아 쓴 시들이고, 나머지는 나와 2인 동인을 시작한 1985년부터 1992년까지 쓴 작품 중에서 고른 시들이다. 이 시집의 처음엔 시인의 죽음을 암시하는 시가, 시집의 마지막엔 탄생에 관한 시가 역순으로 배치되어 있는데, 아마도 그건 죽음과 삶의 순환구조, 윤회의 구조를 시적 내러티브에 담기 위한 의도가 아니었나 싶다. (그는 시의 배열에 관해서도, 시 한 편의 완성도를 높이려는 작업만큼이나 세심하게 고려하곤 했다.)

그가 내게 탈고한 시집 원고를 맡기던 날의 모습이 아련하게 떠오른다. 내가 새로 쓴 시편들이 특히 좋다고 말하자, 지쳐 보이는 그의 얼굴엔 대답 대신 홀가분한 미소가 어렴풋이 떠올랐다. 그리고 얼마 지나지 않아 그는 홀연히 세상을 떠나갔다. 나는 그가 윤회의 고리를 끊고 영원한 침묵의 세계에 이르기를 기원한다. 살아생전에도 그에게 시쓰기는 '궁극적으로 침묵과 연대하기 위한 전략의 일부분일 뿐'이었기에.

2022년 9월
유하

21세기 전망을 대신하여

2023년은 진이정 시인이 타계한 지 30주년이 되는 해다. 그는 생전에 발표되지 않은 다수의 시편들은 물론 시론에 해당하는 글과 문학에 관한 산문들을 남겼다. 참 다행이다. '21세기 전망' 동인은 여기저기 흩어져 있는 진이정의 시와 산문들을 모아 전집으로 발간할 예정이다. 그가 30년 전에 남긴 글들이 시간을 뛰어넘어 지금 우리에게 던져주는 메시지가 자못 심대한 것이라고 생각하기 때문이다.

2022년 9월
함성호

차례

시인

시인이여,
토씨 하나
찾아 천지를 돈다

시인이 먹는 밥, 비웃지 마라

병이 나으면
시인도 사라지리라

제목 없는 유행가

죽음의 골짜기로 스미는
착한 물의 잠처럼
그대는 찾아왔네
그렇게
맞아들일 새 없었네

눈부처에 어린
그대 속눈썹, 내 영혼 빗질하네
들이마시네 난
기침 한번 못한 채
먼지,
먼지 날리네
애욕의 고 미세한
알갱이들……

천근의 눈까풀, 그대여
내 무얼로
마다하리
어찌, 그댈 치떠올릴 수 있으랴

이제
죽지 않는 자,
그대만이 사랑 마다하리
오 사랑 없는 자여, 당신 홀로

영겁토록 죽지 않으리라

지금 이 시간의 이름은 무엇입니까

흐르는 지금 이 시간의 이름은 무엇입니까 꽃이라고 별이라고 그대라고 명명해도 좋을까요 그대가 흘러갑니다 꽃이 흘러갑니다 흘러흘러 별이 떠내려갑니다 모두가 그대의 향기 질질 흘리며 흘러갑니다 그대는 날 어디론가 막다른 곳까지 몰고 가는 듯합니다 난 그대 안에서 그대로 불타오릅니다 그대에 파묻혀 나는, 그대가 타오르기에 불붙어 버렸습니다 지금 흘러가는 〈이때〉의 이름은 무엇입니까 나는 누구의 허락도 없이 잎이라고 눈이라고 당신이라고 명명해봅니다 당신에 흠뻑 젖은 내가 어찌 온전하겠습니까 아아 당신은 나라는 이름의 불쏘시개로 인해 더욱 세차게 불타오릅니다 오 지금 흐르고 있는 이 꽃 별 그대 잎 눈 풀씨 허나 그러나 나도 세간 사람들처럼 당신을 시간이라 불러봅니다 꽃이 별이 아니 시간이 흐릅니다 나도 저만치 휩싸여 어디론가 떠내려갑니다 아아 무량겁 후에 단지 한줄기 미소로밖엔 기억되지 않을 그대와 나의 시간, 난 찰나를 저축해 영겁을 모은 적이 없건만 이 어이된 일입니까 미소여 미소여 당신의 이름은 무엇입니까 솜털 연기 나비라고 명명해봅니다 엉터리 작명가라 욕하지 마셔요 당신이 흐르기에 나는 이름 지을 따름입니다 흐르는 당신 속에서 난 이름 짓는 재주밖엔 없습니다 때문에 난 이름의 노예, 아직도 난 이름의 거죽을 핥고 사는 한 마리 하루살이에 지날지 모릅니다 아아 당신은 흐릅니다 난 대책 없이 당신에게로 퐁 뛰어듭니다 당신은 흐름, 난 이름, 당신은 움직임 아주아주

미세한 움직임, 나는 고여 있음 아주아주 미련한 고여 있음, 멀고먼 장강의 흐름 속에서 무수히 반짝이는 〈나〉의 파도들이여 거품 같은 이름도 흐르고 흐를지면 언젠간 당신에게로 다가갈 좋은 날 있을 것인가요 그런가요 움직임이시여 어머니 움직임이시여 고여 있는 〈나〉의 슬픈 반짝임, 받아주소서 받아주소서

추억 거지

내겐 추억 없다
찰나 찰나 연소할 뿐
하얀 절망의 재도 한땐 창창한 나의 추억이었으리라
지금의 추억에 살고 지금의 추억에 사라진다
지금에게 추억의 주소를 묻는 시골 영감의 순진함
추억으로 가는 지하철은 음탕하다
서로 비벼대며 참을성 있게 추억한다
가지 않는 자여 추억의 고자여
추억의 재가 날리는 아침
크게 심호흡하라
난 추억 실조에 걸려 있으므로
내 옛 연인만은 추억이 아니리라
기억의 사다리 타고
일천구백육십사년의 지붕으로 올라간다
아직 내 연인은 태어나지 않았다
나는 빨간 마후라를 목에 두른다
죽으러 가는 백마부대 용사들이
하얀 말 대신 트럭 타고 간다
눈물 대신 노래 부르며 간다
나는 그 가사들을 전부 기억한다
용사들의 겁에 질린 고함마저 용케 기억한다
나는 기억한다 그러므로 악몽이다
다행이다 내 연인은 태어나지 않는다
아버지의 해머 대신 싯누런

크레용의 햇님이 고향을 북북 문대고 있다
어느새 추억은 해바라기처럼 치근덕댄다
추억의 까아만 씨앗들로 주전부리하다보면
나도 몰래 또 어른이 되어 있다
추억 다오
나는 추억 거지
나는 추억 부랑자
내 앞의 줄이 끝이 없구나
추억 되지 않으려 필사적인 최신 유행들,
쉼없는 첨단이며 전위여
촌스럽게 기다리련다
추억 다오

엘 살롱 드 멕시코

엘 살롱 드 멕시코
라디오의 선율을 따라 유년의 기지촌, 그 철조망을 넘는다
그리운 캠프 페이지, 이태원처럼 보광동처럼 후암동처럼 그리운 그리운
그립다라는 움직씨를 지장경에서 발견하곤 난 울었다
먼지 쌓인 경전에도 그리움이 살아 꿈틀댔던 것이다
전생의 지장보살도 어머니가 그리웠던 것이다
어머니가 그리워 보살이 되었던 것일까
그리워한 만큼만 성스러워질 수 있다는 비유일까
엘 살롱 드 멕시코가 그립다
난 왜 그리움 따위에만 허기를 느끼는 것일까
이태원을 무작정 배회하고 싶다
그나마 내 고향집 근처를 닮은 곳이기에
아마 난 뉴욕에서도 기지촌의 네온사인을 그릴 것이리라
후암동의 불빛이 보고파 눈물지었다는 맨해튼의 어느 교포 소녀처럼
기껏 그리움 하나 때문에 윤회하고 있단 말인가
내생에도 난 또 국민학교에 입학해야 하리라
가슴에 매단 망각의 손수건으론 연신 업보의 콧물 닦으며
체력장과 사춘기 그리고 지루한 사랑의 열병을
인생이라는 중고 시장에서 마치 새것처럼 앓아야만 하리라

악, 난데없이 내 맘속에서 인류애가 솟구친다
이 순간 내 욕정은, 그리움으로 잘 위장된 내 욕정은 온데간데없다
이게 제정신인가
아님 무슨 인류애라는 신종 귀신이 날 덧씌운 것인가
그날 살롱 멕시코, 어둡고 초라한 이국의 병사들 틈에서
딸라 한 닢 없던 외삼촌만이 명랑하게 딸랑거렸다
샌드위치와 위스키를 시키고 나서
용케 합석시킨 지아이의 붉은 뺨에 뽀뽀하던 외삼촌,
그립다, 어수룩한 그 백인 병사마저
엘 살롱 드 멕시코
이젠 자꾸만 들어가고 싶은
그래 캠프 페이지 위병 초소의 산타클로스와 함께
딱딱한 미제 사탕을 입에 물고 예배당을 두리번거리던 나, 나
성조기는 사라져도 그 단맛만은 영원하리라
나의 엘 살롱 드 멕시코를 적시는
외삼촌의 스트레이트 위스키처럼, 여태 숙취로 남은 그 취기처럼,
그 옛날의 그리움에 어느새 난 샌드위치되어 있다
내 해탈한 뒤라도 그 그리움만은 영겁토록 윤회하리라
엘 살롱 드 멕시코

생일

어느 선사께선
날이 날마다 좋은 날이라 설파했다지만
난 그 말을 이렇게 바꾸고 싶다
날이 날마다 귀빠진 날이라고
동생의 생일 선물 사러 소리판 가게에 갔다가
갑자기 나무의 꽃의 풀의 부라자의 빤쓰의
지국총의 어사화의 지화자의 생일이 궁금해졌다
그리곤 그 모든 것들의
영혼의 생일마저 궁금해지는 것이었다
하 난 언제 아버지 음낭으로 기어들어갔을꼬
용케 어머니의 자궁으로 옮겨간 날은 어림잡을 수 있어 다행이다만
애석타, 나고 죽음이란 정녕 도너츠판처럼 돌고 도는 것인지
하 내 영혼의 생일날 거하게 한잔하리라
알아오기만 해라 네 영혼의 생일도 멋지게 쇠리라
해피 버스데이 투 유라고 그녀가 내게 속삭였을 때
난 무조건 기뻐했고 때문에 쓸데없이 따지는 마음도 생기질 않았다
나의 보수화를 욕하지 말아다오
내 수호신들의 보수화가 더 문제이리라
게다 난 여직 옛 애인들의 생일마저 꼬박 쇠고 있으나
그래도 내 인생은 자미가 없어라
지난 세월이 흥미진진했더라면 그건 히로뽕처럼 유해

했으리라
그래 그냥 사는 것이다 알 수 없는 그리움에 마음 털리며
생년 생시의 땅과 하늘의 기운이 내 영혼에 영향 주었다 확신하며
해서 천덕스럽게 주역선생과 사주팔자를 기웃거리며
손끝 하나 안 대고 코 풀 길 찾아 헤매며
난 그렇게 산다 그러면서도 작은 깨침만큼은 포기하지 않는다
곧 너의 생일은 나의 생일이리라
나의 무수한 윤회는 가지가지 전생의 생일만 삼각산만큼이나 쌓아놓았기
하 난 산다 산다 그리고 사이사이 죽기도 하면서 하면서
동생에게 건넬 소리판을 들고서 난 번뇌에 잠긴다
네 영혼의 생일날 내 영혼은 부나방처럼 멋지게 차려입으리라
너의 생일은 나의 생일이다
네 영혼이 첫울음을 터뜨리던 날
우주는 낯선 바늘에 놀란 소리판처럼 툭 투툭 튀어올랐고
아마 나도 그냥 놀고만 있지는 않았으리라

아하, 나도 그냥 놀고만 있지는 않았으리라

이발소 집 아이

고향엘 내려가니 그 옛적의 소꿉동무가 가업을 이어 이발소 주인이 되어 있었다 급식 옥수수빵을 허겁지겁 노나 먹던 아이가 이마 벗겨진 주인이 되어 있었다 난 어느샌가 이발소를 드나들지 않는 자였고, 대도회의 미용사가 손질을 한 내 머리카락은 그를 못 믿겠다는 듯이 너풀거리기만 했다 그도 내 머리를 힐끗 보더니 그동안의 나의 삶을 알 만하다는 양 씩 한번 웃어주었다 그의 웃음은 그 방면의 전문가만이 보일 수 있을 것 같은 미소였다 십년 만의 귀향이라는 주제의 잡담이나 나눌 수밖엔 없었던 졸렬한 나의 화술이여 그 옛날 내가 올라앉았던 때 절은 나무 판때기 위엔 언젠가 나처럼 타향을 떠돌지도 모를 아기가 여전히 울부짖고 있었다 흩날리는 그애의 머리털 사이론 낯익은 어린 시절의 눈물방울들이 무상한 아름다움으로 인사를 대신하는 중이었다 추억이란 이름의 이발소 그림들, 내가 안 본 사이 만종 속의 부부는 그들의 기도를 성취했는지 조금은 느슨해진 모습으로 서성거렸다 이러한 감회를 아는지 모르는지, 이발소 주인은 미소를 띤 채 내 얘기에 귀를 기울였다

갑자기 난 머리가 깎고 싶어졌다 그처럼 전문적인 미소를 지을 줄 아는 이발사라면, 마음 놓고 머리를 맡겨도 될 것만 같은 얄팍한 계산이 내 마음 한구석에서 피어나기 시작했기 때문이다 허나 빈 의자를 찾아 두리번거리는 내게 그는 왠지 미심쩍은 표정만을 보낼 뿐이었다 그의 그런 얼굴을 대하자 이상하게도 더 안달이 나는 것이

었다

핑그르르, 붉고 푸른 원통형의 이발소 상징물이 다른 때보다 더 야박스럽게 고개를 젓고 있었다 정말 난 그의 손에 떠밀려 문을 나선 거나 다름없었다 이윽고 나의 뺨도 울긋불긋 물들어가는 성싶었다 그 솜씨 좋은 이발사는 끝내 한 올의 머리칼조차 손대길 거부했던 것이다 나는 삼손과는 달리, 그새 치렁치렁해진 머리카락을 온몸으로 느끼며 점점 맥이 빠져야만 했었다 아아 그는 나의 삶을 참빗처럼 남김없이 간파하고 말았던 것이리라

애수의 소야곡

아버지를 이해할 것만 같은 밤,
남인수와 고복수의 팬이던 아버지는
내 사춘기의 송창식을 끝내 인정하지 않으셨다
그런 아버지를 이해할 것만 같은 밤,
나는 또 누구를 인정하지 못하는 것일까
나부턴 열린 마음으로 살고 싶었다
이 순간까지도 나는, 서태지와 아이들
그 알 수 없는 중얼거림을 즐기려고 애써왔다
허나 당신을 이해할 것만 같은
밤이 자주 찾아오기에
나는 두렵다
나는 무너지고 있는 것일까
이해한다, 라고 똑 떨어지게 말할 날이
백발처럼 서서히 다가오고 있는 게 아닐까
그의 추억이던 왜정 때의 카페와 나의 카페는
그 철자만이 일치할 뿐,
그러나 그런 중첩마저, 요즘의 내겐 소중히 여겨진다
아버지의 카바레와 나의 재즈 바는
그 무대만이 함께 휘황할 뿐,
그러나 나는 사교춤을 출 줄 알았던
당신의 바람기마저도 존중하게 되었다
어쩌다 알게 되었지만, 〈바〉라는 건 딱딱한 막대기일 따름,
난 그 막대기 너머, 저어 피안으로 가기를 꿈꾸어왔다

그리고 나는 이제 당신의 꿈은 알지 못한다
우린 색소폰의 흐느적임과 장밋빛 무대만을 공유할 뿐,
나는 그의 꿈을 끝내 넘겨받지 못한 것이다
그래, 나는 어쩔 수 없어
꿈이 빠져버린 그의 애창곡이나 듣고 있을 뿐,
허나 난 온몸으로 아, 아버지를 이해할 것만 같아
남인수와 송창식을 서둘러 화해시킬 길을 찾는다
아니 억지로, 억지로 화해시키려 한다
가부장의 달빛만 괴괴한, 이 이승의 쓸쓸한 밤에
아버지를 이해하는 게 왜 이리 두려운 일인지
잃어버린 그의 꿈이 왜 이리 버거운 짐인지

사람, 노릇, 하기란, 너무나, 힘들어
—자, 이 사람이다

이른 아침 종달새의 울음을 듣노라면, 그의 음정에서 지난밤 사랑의 농도를 엿볼 수 있어, 우리, 사람의 연인들은 웃고 또 웃었지, 아아 아무래도 짐승과 인간의 간격은 부질없는 것이나 아닌지

우리 처음 만난 날, 난 흘러간 모든 유행가에게 애원했었지, 맘씨 좋은 노래들, 아아 진리는 저속한 운명조차 마다하지 않더군

하여 언젠가 날 보드랍게 애무했던 바로 그 운명의 혓바닥이 이젠 쇠구슬 달린 체인처럼 내 목을 조여와, 나를 체인에 매달린 다른 쇠구슬처럼 마구 휘두르기 시작하는 거야

금단의 사과나무는 무슨 복으로 그리 달고 시원한 열매를 맺을 수 있었을까

내가 기르던 애완용 뱀이 소리쳤어, 자 이 사람이다, 자 이 사람이다

아아 나는 어디론가 숨고 싶었어, 이봐 우리 머나먼 내생의 땡볕 아래서 파아란 곰팡이로나 만나자꾸나

대체 나의 애증의 종착점은 어디, 영혼에 정조대를 찬 여인이 대로를 활보할 때가 아닐지

매혹적인 육신은 늘 그 영혼마저 의심을 받곤 하지, 허나 갈보처럼 너덜대는 네 영혼에 난 내내 귀신 들려 있는걸

도대체 나의 애욕이 대자대비로 바뀔 곳은

청천 하늘의 잔별들이 그대의 욕정처럼 말갛게 깜빡거릴 때이지

네가 즐겁게 노래를 부를 때, 나는 누구일까, 전생의 바람에 하늘거리는 현생의 불꽃일 뿐일까

그대여 난 종말을 사랑해, 나의 종말인 모월 모일까지는 날 벗기지 마 내 불두덩 핥지 마, 쬐금만 더 참았다 마침표 없는 영원한 색을 쓰고 싶어

하하 자꼬만 그대가 생각나는 밤이군

숫처녀로 늙어 죽은 내 강아지가 생각나는 그때와 비교되는 밤이야

성 우디 앨런의 로맨스가 성공하길 빌어, 하필 그의 상대가 조국이 버린 순이일 게 뭐람

순아 순아 맨해튼처럼 보고 싶은 순아, 나의 언필칭 위대한 조국은 네 사랑 앞에서 백기를 드는구나, 누가 누구에게 전쟁을 걸겠니, 이제부터 나는 모오든 소집을 기피할 거야, 아침 일곱시에 나가는 민방위 훈련조차 날 영혼의 부랑자로 만드는구나

난 내 욕정의 조국에만 충성할 거야, 난 내 본능의 비상소집에만 응소할 테야, 그리하여 난 내 작은 조국의 강역 내에서만 행복할 테지

처갓집의 닭과 개 울음소리 퍼져가는 곳까지가 내 국경선이지

비자와 여권은 필요없어, 집밖을 나가지 않고도 울 엄니 날 낳았어

아아 남의 스캔들은 마천루처럼 존경스럽기만 한데, 난 그저 꿀꿀거리며 그걸 삼키기에 바빴어, 언제나처럼

식욕은 성욕의 싸구려 번안이니까
게다 내 유일한 위안은, 시인의 죄, 또는 예술가들의 범법이므로
이 세상의 모오든 순결이 되살아나는 곳, 미아리 텍사스의 붉은 쇼윈도엔 한복 입은 내 첫 애인이 무료히 앉아 있었지, 이년아 난 너 때문에 폐병이 도졌어라, 난 기어이 그녀를 지정해서 범하고야 말았어, 난 그녀 잇새의 풍선껌보다도 못한 존재였으니까
그러고도 난 무언가가 부족하여 단골 전당포의 기나긴 복도를 돌고 돌았지, 거기 보랏빛 목젖의 금고처럼 해맑게 미소 짓는 내 사랑이 있더군, 그래 우리가 원하는 알몸의 섹스, 모든 관계의 창세기이자 묵시록이지
웃었지 어쩌다 입 벌리는 애비의 금고처럼 웃었어
하루하루 무엇이든 늘고 있다는 건 기분 좋은 일이지, 안 그래?
설령 그것이 내 업보의 딸라 이자일지라도……

등대지기

외로운 이는
얼굴이 선하다
그 등대지기도 그랬다
그의 일과 중
가장 부러웠던 것은
일어나자마자 깃발을 단 뒤
한 바퀴 섬을 둘러보는 일,
잰걸음으로 얼추 한 식경이면
그 섬을 일주할 수 있었다
나도 그런 곳에서
산보나 하며 살고 싶었다
한 식경이 너무 과하다면
몇 걸음 디디지 않아
이내 제자리로 돌아오는,
어린 왕자의
알사탕 별일지라도

외로운 이는
마음이 고르다
그 등대지기도 그랬다
심심할 땐
바이블을 읽는다던 그는
할망당의 굿을 믿는
토종 인간이었다

하찮은 잡귀일지라도
박대해선 안 된다는 것을
어질지 않은 탐라의 바다에서
애써 깨우쳤는지
그는 만물에 대해 겸허했다

외로운 이는
가슴이 저리다
안개 조짐이 있던 날
나는 떠났다
떠나는 나를 위해
(나는 그렇게 믿었다)
그가 길게 길게
안개 신호를 울려주었다
짙어가는 연기 속에서
잦아지는 사이렌을 들으며
내 눈은 젖어들었다
아아 나의 등대는
이미 빛을 잃은 것이다
이제 내 가야 할 뱃길은
희미한 그림자 놀음,
누구는 나를 위해
안개의 나팔을 불어대고
누구는 또 나를 위해

안개의 올을 촘촘히 한다

아트만의 나날들

약 냄새,
돈은 슬퍼라,
어린 육체보다 더 슬픈 십 원짜리 지폐,
황혼, 두견, 소양강 처녀보다 더 슬픈
내 어릴 적의 십 원짜리 지폐,
미국 중앙정보부가 노나주었던 십 원짜리 지폐,
어느덧 나의 사회과학적 상상력은 그 사내의 선의를 믿지 못하네
코끝에선 약 냄새가 났고,
미친듯이 돈을 뿌리는 백인 병사의 곁을 지나
적산가옥 앞길을 지나
포대기에 업힌 나는 어디론가 실려가고 있었다
외삼촌의 술주정이 약 냄새에 섞여 날 어지럽게 한다
박카스를 한 병 마시곤 다시 잠든 외삼촌
그는 영원히 잠들어 있다
그의 아트만은 사라지고 없다 한다
그러니 거룩한 브라만의 존재가 무슨 소용이 있으랴
내가 그리워하는 건
박카스에 취한, 구체적인, 생생한 그의 아트만이다
난 그런 현실감에 목마른 것이다
자동차 바퀴살을 호이루라고 부르던 시절,
〈빵꾸 나오시〉 집에서 나는 살았다
일용할 봉지 쌀과 함께 퇴근하던 외삼촌의 구체성은
저 머나먼 브라만 속으로 사라졌다 한다

그러니 내가 브라만을 좋아할 수 없는 게 당연하지
봉지쌀의 아트만이 사라졌듯이, 내 유년 시절의 아트만들도
이젠 아무데서도 찾아볼 수 없다
이런 기분을 슬프다고 하는 것일까
이 범아일여의 천지에서 아니 슬픈 것이 무엇이던가
오십 환짜리 백동전처럼 남루한 슬픔이지만,
슬픔의 화폐개혁은 아직도 기약 없어라
슬픔의 지폐에서 길어올린 육십년대 꼬마의 쾌락들,
땡이와 연필 함대, 크라운산도, 코롬방 아이스케키……
고 코 묻은 아트만들,
아트만과 브라만은 하나다, 라는 말씀조차
내겐 더이상 위안이 되지 않는다
브라만을 믿지 않듯, 지금 나는
온갖 종류의 아트만을 신뢰하지 않는다
죽으면, 그렇다……
그냥 없어지는 것이다
이 사실을 받아들이는 데 거의 삼십 갑자가 흘렀다
그리고 나는 중년을 바라보게 된 것이다
이제 난 구체성의 신, 일상성의 보살만을 믿기로 한 것이다
덧없음의 지우개 앞에, 난 흑판처럼 선뜻 맨살을 내밀 뿐이다
아트만이 무너진 마당에

인생이 꿈이란 건, 그 얼마나 뻔한 비유인가
이제부터 나의 우파니샤드는 거꾸로 선 현실이다
하지만 못내 구체적인, 빵꾸 나오시 가게의 흙바닥에
굴러다니던
호이루와 몽키스패너들의 그 완강함이다
나, 아트만 없이 숨쉬고 있다
브라만에 구걸하지 않으리라
난 이제야 그 옛날의 십 원짜리 지폐를 꺼내든다
그 슬픈 돈을 내고 구체적인 박카스 한 병 사먹으리라
슬픔의 드링크에 취해, 내내 위안받으리라
나라는 물건은 원래 존재하지 않았다, 라는 각성이
둔한 내 뒷골을 쑤셔야만 하리라
하하 원래 존재하지 않았다니,
그럼 죽고 싶어도 못 죽는단 말인가!

새벽 세시의 냉장고

온 세상이 잠든 한밤 세시에 부엌의 냉장고를 뒤지는
그런 인간은 그 정도의 문장밖에 쓸 수 없는 것이다.
—「바람의 노래를 들어라」에서

1
문이 열리자
알프스의 소녀, 하이디가 날 반긴다
프랑크푸르트의 지붕들, 내가 정작 보고 싶은 것
나는 헛읽었다; 나는 헛살았다
나는 알프스의 숲에서 프랑크푸르트를 그리워한다
도시의 매연은 날 자유롭게 한다
자연이 족쇄가 아니라면, 몸이 왜 슬프겠는가
나는 프랑크푸르트의 소년이다
하이디가 데리고 놀던 어린 양떼들,
하이디는 목자가 아니므로
치즈가 되어 나를 반긴다
빛난다 새벽 세시의 냉장고
나는 썩어가므로 찬 기운이 필요할 터
내 냉장고 안의 잣 한 봉지
나는 깨닫는다
잣나무는 맛있다
난 아직 멀었다
일용할 대동강 물이 배달되지 않았으므로
난 수돗물을 마셔야 한다

난 개탄하지 않기로 했다
나는 결코 반성하지 않으리라
반성은 봉이 김선달이나 하는 짓이다
언젠가 먹지 않고 살리라
언젠가 숨만 쉬리라
나를 미련하게 만드는 것은
팔할이 음식이다
새벽 세시에 처먹는 먹거리
새벽 세시의 냉장고가
내 앞길을 가로막고 있다
먹지만 않는다면, 당장 교황이라도 될 자신이 있다
내 허기가 휩쓸고 간 냉장고 안,
뜰 앞의 잣나무는 맛있다
어머니,
난 굶고 있답니다
동물성 단백질이 부족하대요
난 창백해져가고 있어요
난 고기가 필요하대요
고기가 부족하니까, 내 몸이 에이즈 걸린 것처럼 비틀대는군요
아, 알았어요, 육식도 섹스의 일종인가봐요
난 섹스가 부족해요
그럴밖에, 채식주의의 섹스니까요
새벽 세시의 섹스가 고파요

섹스에 굶주리기 때문에
나는 그나마 버티고 있는 건가요
하지만 난 섹스 결핍이랍니다
철 지난 키스는 지겨워요
제철의 사랑을 하고 싶어요
철 지난 연애가 날 늙게 한다구요
날 과대평가 마세요
나는 기껏 냉장고에 의지할 뿐이므로
내 사랑은 방부제가 없으므로
내 사랑을 냉동실에 넣어주세요
우정일랑, 칸칸의 냉장실이 적당하고요
군내 나는 탐욕은 김칫독이 그만이지요
저 하늘을 쳐다봐요
하릴없는 내 사랑 때문에
오존층에 구멍이 나고 있어요
내 사랑이 엉뚱한 구멍이나 뚫고 있다고요

3
전생에 나는 구두쇠였다
한 오리의 마음도 빼앗긴 적 없었다
사랑의 탁발승들 때문에
굳센 문턱 몇 번이나 닳아졌어도
애원의 목탁, 달걀처럼 깨져나갔어도
나는 꼼짝하지 않았다

이제 난 냉동실에 살고 있다
여기가 마음에 든다
내 손에 쥐어진 것
털끝 하나 내보낼 수 없다

@

여전히 나는 구두쇠이다
여전히 사방은 캄캄하다
누구라도 문을 열어
이제 확실히 말해다오
내가 사는 이곳은
사랑의 북극인가 남극인가
나는 감정의 펭귄인가 에스키모인가

이태리 품바

내 팔자 기구하야
낯선 땅에서 걸인 노릇이라
마음은 편하리라
눈치볼 것 없으므로
단군 이래
흰옷 겨레를 갉아먹어왔던 것은
그놈의 눈치였다
식민지가 따로 있으랴
눈치보는 순간의 내가
곧 식민지이리니
이탈리아 거지가
강남 중산층보단 행복하리라
나는 떠도는 자이므로,
피사 사탑의 기울기에 인생을 걸 것이다
나는 그런 놈인 것이다
나의 업보를 알지 못하는 그곳에서
나는 한껏
명랑해지리라
과격해지리라
발가벗고 뛰어다닐 수 있으리라
알파벳의 잡지에
내 알몸이 게재되어도
개의치 않으리라
고개를 숙인 채

깡통에 떨어지는 동전의 뒷모습만을
걱정할 터이다
내 검은 하초를
알아보는 금발의 남녀들이
푸른 지폐의 관심을 표하리라
한국은행권에는 결코 반응하지 않으리
어떻게 놀든
잔소리는 없으리라
피사의 기울기처럼
나는 깔깔대리라

환상, 굿, 이야기

그 밤 정릉 삼곡사 굿당,
나는 허드렛환상을 찾아 두리번거렸네
쟁쟁대던 제금, 징, 장고, 황해도 피리 가락,
천지건곤 일월동락 사바세계 남섬부주 아~ 에~
사바세계의 일이란 복을 비는 것, 복, 복을 따라 나도 나섰네
뒷전거리 여운으로 먹거리는 흐드러졌네
천벌을 받지 않는 게 신묘할 정도였네
모두가 신령님의 조화 아니겠나
지금도 내 귓전에서 굿 치는 아기무당의 울음소리

세상이 그러하니
골짜기의 굿도 비감하기만 하여라
슬픔의 박자, 쿵딱 쿵딱딱……
만신의 울음 꼬리 쫓아갔는데
나는 왜 잃어버린 사랑을 생각했을까
어찌하여 나의 사랑엔, 슬픔이란
쌍둥이 자매가 줄창 붙어다니고 있었던 것일까
아마 우주의 한구석엔
날 위해 눈물짓는 영혼도 있으리라고
나는 애써 스스로를 위로했다네
그날의 굿도 그랬다네,
그저 같은 천지에 몸담은 정도의 인연으로
슬몃 한자리 차지했다, 훌쩍 울기 시작했다네

사랑 놓친 외짝의 슬픔이,
먼 먼 곳을 해매다 돌아온 것 같았네
그러니 내가 할 수 있는 일이 무엇이겠나
나도 그대를 애써 슬퍼해야겠네
그리고 내 굿 이야길 마저 들려줌세

@

망자를 천도하는 데는 그렇지, 눈물이 빠져서는 영험 없는 굿이 되었겠지, 슬픔의 물보라만이 존재의 열병을 다스릴 수 있다는 걸, 아기무당의 무구한 눈 물보라가 내게 가르쳐주었다네, 그리곤 이내 그 물기 굿판을 판쳤네, 애욕의 환희를 맛본 적이 없는 비통한 혀로, 아니 사탕이나 빨던 입으로 쓰디쓴 만수받이, 눈물 적시던 바로 그 눈동자, 이내 눈웃음치며, 서러움으로 희어진 백돼지 가리켰네, 백돼지의 주검 위에 올라탄 채 어리광을 시작한 걸세, 마치 폭소의 다라니를 설하는 광경 같았지, 그래그만 모두 웃음보가 터져버렸네, 무신도 속의 울긋불긋한 할아버지 할머니 들도 일제히 배꼽 잡으셨네, 삼지창이 어울리지 않는 최영 장군마저 어색하게 웃고 계셨네, 그 그런데 말이야, 나만은 그럴 수가 없었다네, 잃어버린 사랑이 그 와중에 나를 비웃고 있는 것만 같았기 때문일세, 굿청에 둘러진 온갖 만다라들이 나를 향해 깔깔대고 있는 것만 같았기 때문일세, 게다 내 방 한구석에 숨겨진 그대의 흑백사진조차 그 틈에 날 희롱하고 있는 게 아니었던가, 나는 참을 수 없었다네, 눈물 핥던 혀를 날름대며 어찌 간사히 표변할 수 있었겠나, 태장계 만다라 같은 그대의 얼굴이 분명 날 향해 홍소 터뜨리고 있었음에도, 나의 눈물은 한 올의 신통도 없이 굿판을 흐르고만 있었다네, 내 서러움의 창고 안엔 눈물과 한숨의 종교 하나 오롯이 촛불을 켜고 있었단 말이라네, 신들의 족보에도 없는 종교일 걸세, 온 천지가 다 배꼽을 잡는 순간, 나 슬쩍 거기를 순례하고 온 것일세, 자 내 얘기는 이게 다라네, 이제 나의 두서없는 욕정 받아주게나, 마저 나의 슬픔도

나의 희망엔 아직 차도가 없다

아이야 나의 희망엔 아직 차도가 없구나, 나의 눈물도 이별도 사랑도 아직 차도가 없어, 난 약을 타러 그녀의 집 앞을 서성거린다. 아이가 말한다, 그녀는 약사여래가 아니잖아요, 약이라니요, 그러나 나는 고개를 젓곤 하지. 난 부쩍 더 사랑을 느끼고 있단다, 난 보덕각시라도 만나 성불하고 싶어, 싶어, 난 욕심만 많았지, 몸이 따라주질 않는구나, 아이야 난 희로뽕을 먹고 싶다, 난 희망을 심하게 앓고 난 연후라 힘이 없지, 양의학으로는 고칠 수가 없다는 나의 희망, 난 희망한다, 온 세상 절망의 마취를, 그러나 미워하지는 말자꾸나, 미움의 혀는 일상적인 키스마저 당황스럽게 하지, 난 부드러운 것이 좋아, 희망처럼 부드러운 애를 희망의 자궁을 빌려 낳고 싶어, 또는 너의 몸을 빌려 희망의 포르노를 찍고 싶어, 난 외설스럽게 희망을 원했던 죄로 이제는 야한 남자로 낙인찍혀 있어, 보수반동 세력들은 내게 돌을 던질 것이다, 예수님은 땅바닥에다 그리스어로 이렇게 쓴다, 맞아도 싼 사람은 아무도 없나니라, 때리지 말지어다, 난 감격할 수밖에 없지, 나의 희망은 어느 사창굴에서 노숙을 하는 것인지, 인간이란 참 불쌍한 존재야, 알을 낳은 뒤 힘겹게 바닷가로 기어가는 어미 거북처럼, 우린 단 한 번 섹스의 대가로 물레방아의 인생을 돌아야 하지, 그래도 난 인생이 좋아, 난 시인의 목소리가 듣고 싶어, 이미 저승에 가버린 시인들의 목소리가, 소주 냄새에 섞여 퍼져가는 그들의 육성을, 그러나 이미 지나가버린 일인 걸, 불쌍한 나의 희망이여, 난 너를 위해 해줄 게 아무것도 없다, 어쩌면 좋지, 나의 희망엔 아직 그 흔한 차도조차 없구나, 난 외로워, 난 희망보다는 말벗이 더 필요할지도 모르지, 누군가에게 목례를 하고 싶을 만큼 외로워, 진짜 죄인들의 고해성사를 엿듣고 싶어, 그래 나는 점쟁이나 작명가가 될 팔자인가 봐, 나는 희망에게 무료로 올해의 운세를 봐주거나 그의 이름을 고쳐줄 수도 있겠고, 그게 내가 할 수 있는 다인가, 아아 언젠가 희망은 내 앞에서 자신의 팬티를 내리고 있었어, 물론 엉겁결에 당한 일이었지, 순간 난 내 눈을 의심해야 했어, 말하자면 내가 수컷이므로 희망도 수놈였던 거야, 참 말도 안 되는 논리였지만, 그렇게 해서 나는 희망의 호모가 되었던 것이지, 그러니 부디 날 이해해줘, 남자인 희망의 입속으로 혀를 들이미는 나를 말이야, 희망을 아직도 그녀라고 부르는 나를 말이야!

헤비메탈 같은 비

무엇을 원하는지
하늘의 기타줄이 끊어졌는지
머리를 치렁치렁 기른 빗줄기들이
새벽부터 내 창문을 두드렸다
헌데, 찰나 나의 망상은 최치원의 한시로 달려갔던 거다
이런 것이 문화의 힘이고, 전통의 생명력일까
내가 빗줄기를 헤비메탈 같다고 느끼는 사이
내 마음속에선
창밖에 삼경의 비 내리는데
등 앞엔 만리의 마음 달리는구나
라는 시구가 떠오른 것이다
오로지 그것뿐이었다
나의 무식과 무교양을 한참 동안이나 탓해보았지만
아무런 소용이 없었다
그러다 보니, 전국이
장마권에 들었다는 새벽 라디오의 기상예보조차
내겐 이상스레 들리는 거였다
전국이라니 어느 나라의??
당나라, 아니면 대식국?

@

천축국, 나란타대학 한 모퉁이엔
향수를 이기지 못한 서라벌의 승려가 아직도 누워 있다
〈메탈리카〉 같은 빗줄기 속에서

나는 그를 기억한다

옛집 앞 전봇대

분다
그 바람,
돌개바람,
그 바람에
나도 불린다
나 어딘가로 불려간다
옛집 앞이다
돌고 돌아
난 참새가 된다
나의 참새 시리즈는 진보가 없다
바로 옛집 앞
전봇대의 참새다
낡은 그 전깃줄이 여지껏 전해주는
추억의 전기로
나는 십 촉짜리 백열등을 켠다
추억은, 추억만을 밝힐 뿐이다
시방 나의 전봇대에는
아무도 올라가지 않는다
전보산대라고 발음되던
그애의 전봇대도 마찬가지다
전보산대처럼 엉성한 그애를
나는 사랑했다
옹이투성이의 그 전봇대,
지하여장군 같았다

이젠 미룰 수 없다
더 슬프기 전에
그애한테 고백하리라
아아 내 눈은 캄캄하겠지
깜빡이는 추억등 아래의
추레한 나의 몰골,
추억의 빛발엔 정전이 없으므로
그애의 미소도
흐려질 리 만무하리
하지만, 내가 꿈꾸는 세상은
그애의 전보산대가 영원한 풍경,
내 수줍음 한 그루도
그 배경을 끝내 장식하리라
온 천지 아이들이
왠지 어른이 되지 않으리라
자, 옛집 앞
전봇대의 수호신장께 빈다
늙은 가로수 신령께 빈다
내 눈은 영 침침하겠지
허나 나는 느낄 수 있으리라
그애와 오르내리던
전봇대 밑으로
나 다시 돌아왔다고
나 다시 고향 참새 되었다고

포수의 총에 맞아
자기 몫까지 살아달라던
바로 그 참새,
여지, 껏 여지, 껏 추락, 중이라고
나, 추억에 감전됐다고

생각에 대하여

생각이 날 목 조른다
생각이 날 개 패듯 팬다
생각이라는 이름의 번뜩이는 도끼날,
나는 생각한다, 고로 나는 죽어간다
나는 생각한다, 고로 나는 내 철학만큼 죽어간다
고로, 내 머리에 떠오르는 뭇 생명마저 살생하기 시작한다
나는야, 푸줏간 주인이 되어버렸구나
난 너를 사랑한다
라는 생각 때문에,
네가 애꿎게 피 흘리며 죽어야 하는도다
내 잡념의 식칼이 도마 위의 온 세상을 송송 썬다
내 번뇌 때문에 아프리카가 굶고
발칸반도는 전투를 개시한다
무언가를 곱게 생각하고 나서, 곱게 죽여버리는 생각,
바로 지금 내 생각보다
재빠른 것은 없을 터이다
내 생각보다, 내 살생보다 잰걸음은 없을 터이다
찰나 내 생각은,
북두칠성의 국자 속에 숨어 있는 내 옛사랑을
살짝 맛보고 돌아오는 길이다
신파조의 빛의 사랑을, 그 정적을
하품 속에서 관람하는 내 생각의 음란함,
시퍼렇게 날이 선

생각의 작두날 위에서 펄펄 날뛰고 있는
나의 신들림,
오 맨발의 철학이여!

거꾸로 선 꿈을 위하여 1

무엇이 착함이고 무엇이 악함인가
어디선가 닭 우는 소리가 들려
나는 천수경을 외었다
삼악도에 떨어지지 않게 해주소서
훈제 통닭의 일생이여
나는 영원히 사람이다 바퀴벌레조차도
자신을 사람으로 의식한다
누가 손가락질하랴
나는 어질지 않았다
나는 꿈을 밀수하러 부둣가를 서성거린다
낡은 비유만이 내게 허용되어 있어라; 바람 없는 바다의 돛배처럼
바다도 없이, 바다도 없이, 나는 항해한다
아버지, 알고 보니 제가 주였나이다, 나의 십자가는 정전되었다
심심산골의 푸른 구름을 부러워하지 않으리
망망한 저 바다의 물, 나는 그 맛을 아네
그 맛의 이름은 적멸이다; 나는 적멸로 궁궐을 짓고 아예 들어앉는다
나는 지옥을 믿어; 쾌락과 나라는 존재를 믿듯이
저 저 미륵전이 내 의식의 그림자라니
그럼 나는 의식을 버리리라; 미륵전이 갈 곳, 알지 못해도
아버지, 저는 당신의 가스와 기름과 향로로 만들어졌

나이다
하느님은 딴따라다
남사당 가락을 듣자마자 가출해버린 소녀의 후손?
할아버지는, 그 소녀를 영영 이해하지 못한다
할아버지도 그 소녀 의식의 그림자이다
그림자와 의식은 동일하니?
그럼 나는 뭐니? 나는 아귀의 마음을 이해해
배가 고파
한강이 푸른 사파이어 같다는 자는
이 거대한 배고픔을 이해 못해
나는 하도 급해 불을 마셨다; 다행히 비유적으로 뜨거웠다
나도 네게 비유로만 말하리라
달은 노래한다; 구름에 나 가듯이 가는 나그네
이상형을, 나는 고슴도치 시절에 만난 적이 있다
시간 있으세요, 장미 한 송이의 욕정이랍니다
내 예쁜 가시를 보아주셔요
난 뒤를 돌아보리라
고드름의 일생은 내 적성에 맞아
아버지, 제가 주였나이다; 제 십자가 때문에 열대우림이 잘리고 있어요
나는 운수를 믿는다 바다 없이 항해할 때처럼
눈물도 없이 나는 운다 울었다
너무 팔아먹을 것이 없었으므로

거꾸로 선 꿈의 세상에서, 가끔 나는 바로 선다
깜빡 꿈이란 걸 잊은 채 말이다
허나 고런 때래야,
겨우 시가 되는 것이다

거꾸로 선 꿈을 위하여 2

미안해, 나는 성욕을 딱 잃고 말았다
왜 사람들은 날 걱정할까
순두부처럼 살고 싶었다
말도 안 돼
지금부턴 너를 독점하리라
랍비가 있는 풍경이 날 웃게 했다
공동번역 성서를 읽고 있는 평양의 인민들,
나는 수령이란 낱말을 찾아 레위기를 헤맨다
누가 내 몸안에서 섹스를 하나 봐
헐떡이는 소리, 세 살 이후부터 끊이지 않고 있다
나를 사랑하는 헬리콥터 조종사가 머리 위에서 붕붕거
린다
그는 흑인이다
편견이 곧 나다; 나를 버리기란……
그를 쫓아주세요 외국 군대에 언제까지 의지해야 하나
미국이 잘되는 이유는 리더스다이제스트에 다 들어 있다
나는 불타고 있는데, 아무데도 맞불은 보이지 않아
미끼라도 물고 싶어
결혼식장이 어물전 같아
비리지 않은 여자를 만나고 싶다
기고 싶다, 비비고 싶다, 까고 싶다
내 인생은 재즈라기보단 헤비메탈이다
내 서정의 목은 늘 쉬어 있다
흥행을 위해 나는 빤스를 벗는다

내 인생은 기울고; 해도 기울고
절망 아니면 희망이겠지; 변해가는 건 변해가라지
사랑의 불, 인연의 재, 그리고 권태만이 남으리라
너는 보는 즉시 추억으로 화했다
표정만방지곡을 듣고 싶은 밤
집밖을 나가지 않아야, 천하를 알게 되리라
우주는 교미중이다; 호모인 주제에 말야
내 풀무 허파, 불난 내 몸 부채질하네
빗방울과 땅바닥이 사무치듯
나의 눈물 지도는 은하계에 펴져 있다
우주의 시초가 있다 한들, 만수산 드렁칡이 얽혀진들
이런 느낌 너무 흔해
야야야, 나는 노래하는 랩 생쥐, 말콤 엑스의 제자라네
아버지, 나는 어머니를 의심했답니다, 날 핥아주세요
네게 불성이 있다니,
그럼 나는 불성을 포기하리라
신라도 망하고 소련도 망하고, 화랑 관창은 살맛날 리 없어라
나는 토하는 것이 두려워, 기침을 참는다
내 인생은 너무 모호했노라
모호함이 모여 가래가 되었나봐
시인의 기침은 너무 상투적이야; 시인은 정작 구토를 걱정할 터이다
구토, 희망, 나는 합장으로 인사하리라, 나무 프리지아

보살마하살
목단 향으로 나를 태워다오
몽정의 나날이여, 꿈의 정액이여; 어디 마땅한 질을 찾아가거라
비단 같은, 비로도 같은, 총구멍 같은, 융단 같은, 너의 질
둔중한 성기로 매를 맞고 싶다
마음 내킬 때마다의 선행으로 구원되리라 믿진 않는다
그게 내 유일한 장점이다
그래 자살도 못하는 것이다

거꾸로 선 꿈을 위하여 3

핏빛 하늘, 나는 날아다닌다, 똥 마렵다
새처럼 이러면 안 돼
어머니 날아가는 새똥처럼
나는 너를 코로 보았다
군달리니 요가를 하고 싶어요
이 세상에 적막이 깃든다면; 적막에 시든 나의 그룹사운드여
바람에겐 죄가 없다; 축제를 벌인 자들이 문제야
난 너를 위해, 라는 말이 짜증스럽다
오오 모국어여, 경전도 없이 아름다워라
여보, 전쟁이 곧 시작될 것 같아요
우리 애들은 어떡하지
난 슬펐다 나 어떡하지 도로 들어가렴
타고 남은 재가 선전포고가 되나니라
모오든 진리는 현상 유지를 원한다
악어의 눈물과 복사꽃의 폭탄, 상처만이 리얼해
예외를 바라는 건 나만의 고유한 심리다; 나라는 존재는 너무 흔해
그러하니 두렵다, 난 괴나리를 싸들고 한계의 언덕을 넘는다
신사임당과 이율곡이 있을 때 한일합방이 되었다면
어젯밤엔 주지 스님 몰래 황룡사 구층탑에 올라갔다
청빈하게 살자꾸나; 초막에서 보릿가루 마시며; 아, 엘란트라를 주차할 데가 없다

나는 게릴라처럼 침만 삼키며 하루를 버틴다
장미 같은 그녀의 성기를 연상하면 침이 고여
청산은 내게 묵비권을 요구하네
내 인생이 수상하다, 도마뱀의 울음이 들려
활자가 영혼을 피폐하게 한다; 신문, 잡지, 경전의 순으로
미안해 나는 언론기관의 주주다
무엇? 때문에 살아가느냐고
순대 먹기 위해서라고, 텔레비전 드라마의 대사가 말한다
그 대사는 셰익스피어 같다
그, 러나 위대하지는 않아
똥폼과 장난 사이에서 예술은 교살되는 거야
월스트리트 저널을 아무리 열심히 읽어봐도 영감이 떠오르지 않는다
나는 속은 것이다
일단 정지하자, 난 더이상 갖고 싶은 게 없어
컴퓨터도 없는 주제에
인간의 마음에 바이러스가 서식하므로
하느님은 영원한 해커다
지구가 무너지면 우린 미련 없이 이사하리라
반갑다 지구, 다시 부활했구나
웬수들이 다시 모이리라, 어디 도망갈 데가 없다
내가 쓰는 말이 표준말이야

개새끼들,
보따리장사에 의지한 내 예술이여
내 아가페는 식었어; 식은 거라도 좀 들래?
사투리를 쓰는 변사가 나의 연기를 강요한다
바빌론의 강가에서 나는 돈을 센다
점토판이 부족해 내 시는 하이쿠가 되어간다
내 인생은 소위 보람 있다는 일로 낭비되었다
풍년을 두려워하는 세상, 지금 부족한 건 무드다
나, 수명을 재고 있어
아버지의 돈궤가 기억나는 아침
꽃잎의 성기, 네 유방의 로열젤리, 순환하는 환상들
태풍을 고대하는 사내가 출몰하는 도시에서
나의 강역은 어디까지냐
바보 같은 놈, 타화자재천에나 가버려
기계로 쓴 시를 읽는 사람들,
뜬소문처럼 우주에 떠 있네

거꾸로 선 꿈을 위하여 4

일어나자마자 너무 배가 고파, 우유 공양을 했다
수자타도 없이, 나는 스스로에게 공양했다
아버지, 별빛이 먹고 싶어요
동경에 살지 않는 게 다행이야
몸에 음식이 들어가면 왜 마음이 방자해질까
붉은 깃발 아래의 일상적인 식욕이여
나의 동심은 신작 만화영화를 견디지 못한다
밤새 비가 내리고, 나는 거품도 없는 오줌을 누기에 바빴다
너의 전자파가 밤새 내 세포분열을 도왔어
관세음보살이 깊은 반야바라밀다를 행하실 때
나는 딴생각을 했다, 딴생각이 나다
미국의 별 아래 우리는 산다라는 생각
나는 가난해, 나는 푸르러, 나는 쓰러져,
나는 모든 것을 이해할 수 있다고 착각했다
밤새 밥통의 밥이 말라 있었다, 잠시라도 가만히 있는 것은 없다
졸작을 남기는 마음으로 살아가야 한다, 오늘도 교향곡 하나를 작곡했다
먹기 위해 한 생만을 낭비한 것은 아니다
나, 위대한 적도 있었다
겸손할 필요가 없었던 시절, 나는 취해 있었지
초막에서 궁궐로, 나는 급행을 탔던 거야
어찌하여, 너는 하여가를 부르느냐

나의 단시는 너무 길어, 음유시인의 사회에서 배척받고 있단다
오는 길이 적막강산이었습니다
휘파람새와 동행했지요
오래전 내가 죽인 개구리 뒷다리들, 쫓아오고 있었습니다
나를 위로해다오, 커피 한잔의 식곤이여,
우주를 통째로 소화시키려다 이 무슨 꼴?
아는 여자들은 짜증이 난다
진짜 칼로 너와 싸우고 싶어
진짜 연애, 진짜 아이, 진짜 인생에서 나는 멀리 떨어져 있다
나는 구호 식품에 의존해 있으므로, 시인이다
일본에서도 시인은 거지란다
내겐 적정량의 범죄가 필요해
그리곤 반성은 필요치 않으리라
나는 게으름 중독에 걸려 있어, 나는 나태사할지도 몰라
나는 미련이 없다, 그래서 살아남았다
나모라 다나다라 야야, 아아 멀고먼 인생의 비단길이여
깊고 깊은 미묘한 진리여,
숨넘어가기 직전, 그대의 이름을 꼭 한번 부르리
아버지의 사십구재, 바라춤이 아름다웠다
블루스의 달인이던 당신은 만족했으리라
나도 죽거들랑, 누군가 춤추어다오

마누라가 나타나기까지, 나는 목욕하지 않으리
원효대사는 바로 내 해골바가지로 물을 드셨던 거다
고구려 병사가 나의 국적을 물었다
전 허망한 나라에서 왔습니다요,
다행히 말이 통했다
나도 허망한 나라에서 살고 있어
착한 고구려 병사는 나를 봐주었다
어디에나 인간은 있다
나도 또 울었다 그리고 국내성을 향해 절했다
나라가 망하니, 나의 절만 남는구나
분황사에서 불공을 마저 드리리라

거꾸로 선 꿈을 위하여 5

나는 빛과 피가 섞인 칸타타를 작곡했노라
차마 현실에게 물고문을 하진 못하겠어
난 성실하게 꿈을 꾸어왔지
우린 꿈과 같이 있기만 해도 스캔들이 났던 거야
혀도 코도 눈도 귀도 몸도 뜻도 없는 천국을 위하여
난 감각기관을 심청이처럼 봉양해왔다
아버지, 난 모성애를 비판해왔어요
내 단골 유곽은 화락천에 있다; 외상 장부를 가져와다오
비에 젖은 나뭇잎, 낙엽이 되기 전에 겉늙었노라
여름밤에 인생을 토해버렸다, 나는 뭔가를 맛보긴 한 것이다
하하, 색소폰의 고향에서 여생을 보내고 싶어
난 모든 종류의 우상화에 반대하노라, 제석천의 우상화조차
오, 너의 유방을 밤새 주물렀더니 피로하네
내 친구들은 모두 서대문 형무소에 있다
나만이 명월관에 죽치고 있어
또 죽을 꾀를 내누나
사소한 이유로 사선을 넘어간 여자들처럼
내 청춘은 사라졌다, 지금 이 순간 나는 고개를 끄덕인다
삼바 춤을 추며 쿠데타를 모의하고 싶다
남도의 바람을 마시며, 그녀를 생각했노라
나는 경전에 찌들어 있어
도시 게릴라전을 익히느라, 이십대를 보냈다

내가 수호해야 할 도시는 날 건달로 방치했다
한참을 나는 숨죽이고 있었다, 모든 게 현실이었다
민족반역자들이 출세한다, 나는 화장실에서 씩 웃었다
아름다운 시를 쓰고 싶어, 나는 추한 삶조차 마다하지 않는다
내가 숨쉴 곳은 어디냐
나는 더이상 젊은 시인이 아니로다
오랜만에 가로수에 몸을 기대고, 밥이 꺼지기를 기다렸다
가로수의 피부가 너무나 낯익어, 나는 소스라치게 놀랐다
가로수는 내게 물었다; 왜 이제야 돌아왔느냐고
나는 몸이 다 망가졌기 때문에 돌아왔다고 했다
가로수는 아무 말도 하지 않았다; 어느새 밥이 꺼졌다
내 인생도 꺼져 있었다
개네들 이상해, 굶기 전까지 우유와 고기만 먹어왔다는 거야
나의 자비심은 이제 한계를 보인다
아버지, 저 아직 살아 있나이다
콥트 기독교도의 수도원에서 한철을 나고 싶어라
화석, 옛사랑의 화석, 내 발길에 차이네
가슴이 아파, 화석의 가슴에 마음을 비볐네
용감하게 돌진한 적도 있었다; 그러나 인생은 토너먼트가 아니었다

차라리 고려 왕조가 계속되었더라면
나는 무신이 되었을 터이다
나, 걸어가리라, 허망을 딛고, 낯선 인연 따라서
백과사전도 없이, 나는 지식인 노릇을 한다
나를 가르친 건 휘중당의 담쟁이 덩굴이었다
나는 여태까지 참기만 해왔어
그게 인생이란다; 개 같은
나의 무지와 무기력에 혐오를 느끼는 분들께,
나 변하지 않으렵니다

거꾸로 선 꿈을 위하여 6

잠이 온다, 각성하려 할수록 잠이 와, 나는 잠의 고참이다
오랜 세월, 나는 편경의 화음처럼 잠들어 있었다
잠이 곧 나다
잠 속에서 나는 바닷물에 뛰어든 설탕 과자이다
난 홀로 빛나고 싶다, 경상도 자수정처럼
생각할수록, 나는 잠들어 있다
평생 선방에서 조는 게, 아메리카 대통령 노릇보다 나을까
잠의 귀신조차 나를 우습게 본다; 진짜 잠이 따로 있단다
가짜 잠이나마 실컷 자고 싶어
너의 눈빛이 날 불완전연소시켰다, 내 얼굴의 검댕을 닦아다오
왜 꿈에서는 착한 일을 하기가 그토록 힘이 들지
꿈에 남색을 하는 것이 제일 괴롭다
그리고 친척들과 원 없이 싸운다
출가하거나, 화두 잡거나, 복덕을 쌓는 일은 눈을 씻고 찾아도 없다
평양성 안에서 나는 일박했다
사람들이 웃는다, 슬프다
아랫배는 괜찮은데, 윗배가 아프다
나는 견유주의자다
아고라를 거닐면서 나는 땀을 뻘뻘 흘렸다, 모두가 아는 얼굴들이었다

너 자신을 알라; 나 자신은 없다; 이제 됐니?
아플 때, 나는 가장 정신이 맑다
나 자신의 무드를 위해 태풍을 기다렸다
난 참 복도 많다, 양껏 먹고 한껏 잔다
섹스만 좀 부족할 뿐, 참을 만하다
조국 없는 세상에서 살고 싶어
네 몸에도 자지가 있었다면, 난 멋지게 서비스했을 텐데
섹스를 하면서도 구원받을 수 있다고 생각하는 사람들,
참 가지가지다
그러므로 나는 참는 자다
고구마가 먹고 싶다, 구황 식품이 필요한 시대이므로
잠들자마자 죽음이로다
영원한 쾌락, 물리지 않는, 후회 없는, 그런 그런
돈 들지 않는 즐거움을 위하여
나는 일부러 심심산골로 찾아가 불공을 올린다
나의 삶은 무엇에 대한 대가일까
참 가혹하기도 하지
피를 뻘뻘 흘리며 나는 시를 쓴다, 나 돈 줘
돈푼깨나 만졌다면, 고흐의 귀는 멀쩡했으리라
난 지금 어금니라도 뽑아버리고 싶은 심정이다
그러고도 시인이다 또는 그러니까 시인이다
막걸리 한 사발의 하루를 견딜 용기가 없어
나는 위대하지 못하기 때문이다
나는 본 것이 없거든

나는 감수성의 배마저 고파
확실히 여자는 차후의 문제다
관둬, 이 색마, 넌 물렸을 뿐이야
육신이 멀쩡한데도, 도무지 쓸 데가 없다
북구풍의 조촐한 나무 침대에, 나는 몸을 눕힌다
내 몸은 누워 있고, 내 마음은 날아다니다 이내 지친다
나무 침대를 타고 툰드라 지역까지 간 적이 있다
나는 움직인 것이다

거꾸로 선 꿈을 위하여 7

난 널, 울퉁불퉁한 나의 마음에 비추어본다
무수한 카르마들, 꽃잎들, 싱싱한 죄의 뿌리들
나의 마음이 엉망이라, 비추인 너도 엉망이로다
갑자기 아름다운 네 입에서 썩은 내가 나
못생긴 옛 애인은 아직도 은은한데
서른 넘어, 칩칩한 카페에서 첫사랑을 만나다
예상대로 그녀는 마담이었다
인연의 낙하산 타고, 나 느리게 다음 생으로 내려가리
모든 게 잘 풀리면, 가출하리라
어머니, 절 꼭 잡으세요, 누가 지구를 팽이 돌려요
오늘은 하도 아파, 이틀치 반야심경을 한꺼번에 복용했다
당신을 만나러 갔다가, 정말 차만 마시고 왔다
푸른 산, 내가 마신 차의 이름, 청산이 아닌
내 재즈 테이프 사이에 그레고리안 성가가 끼어 있어
예술은 의도되지 않는다
의도의 궤도를 벗어난다고 예술이 되는 것도 아냐
나는 악보를 볼 줄 몰라, 그래 감전을 무릅쓰고 노래하러 다니지
프랑스 육군은 왠지 허약해 보여
삶은 공포의 뒷면 같아, 토끼 눈 같은 일상이여
뉴질랜드로 이민 가고 싶다
코카서스 지방의 결혼식을 보다 말고, 나는 우울해졌다
곧 신랑에게 입대 영장이 나오리라

그가 요구르트 선전에 나올 만큼 오래 살길 바래
나도 무언가 광고하고 싶어, 강원도 감자떡
브루클린으로 가는 마지막 비상구 앞에서 그녀를 만났다
난 그녀 콧구멍에서 한철을 났다
기억, 그것 때문에 나는 돈화문 앞에서 서성인다, 나 다시 일곱 살이다
날 미래의 바람둥이라 불러다오
죽은 마누라를 위해 타지마할을 지은 남편처럼
젊음의 몇 년을, 나는 계집 호리는 주문을 연마하며 보냈다
그 결과가 독신의 나다
인간이 너무 흔해, 스스로 천해지는 기분이야
호시탐탐, 몸을 버릴 기회를 노리노라
내 인생은 엇박으로 돌아가고 있다
내용은 사라지고 리듬만 남은 삶이여
여보, 이번에 끌려가면 마지막이야
한남동 모스크를 지나 이태원으로 내려가는 길, 재즈 들으러 가는 길
내 현실의 실크로드여
낙타 살 돈이 없어, 나는 희미하게 노래 부른다, 아는 흑인이 따라 부른다
이렇게도 보고, 저렇게도 본다, 아무렇게나 볼 수도 있다
광신이란 진리의 금단현상이야
예쁜 여자들은 미칠 줄도 모른다

예쁘게 미친다
내겐 멀리서 찾아올 친구가 없다, 슬픔도 없다
공자에게도 신통력이 있었다면
아버지, 저는 차력사의 아들입니다
칼날 위를 거닐어야 밥이 나온답니다
그녀가 내 정자를 받아마셨다
진리는 망망히 출렁이는데, 나는 아가미가 없어라
한 티끌의 우주 속에서, 나 사랑했노라
네 멋대로 생각해라
짧은 생각 동안에, 나는 열 번도 더 태어났어
나의 시간은 늘 종말 직전이야
연애의 진미는 함께 공포의 지뢰밭을 걷는 데 있어
결혼식장의 그들은 상이용사처럼 쓸쓸했다
관혼상제의 그물만 피할 수 있다면, 결코 죽지 않으리라
염라대왕이여, 나를 찾아주시오
옴, 옴, 옴,

거꾸로 선 꿈을 위하여 8

나는 건넌다, 다리는 곧 없어질 터이다
사라진 다리로 돌아올 테다
그림자 다리를 건너 빛의 나무에 오르겠네
사리자야, 물질이 정말 실체가 없는 거니?
텅 빈 상태가 정말 나야?
정말 그렇다구? 이거 큰일이구나
진리의 얼굴을 한 번만이라도 보고 싶어
그의 사인을 받고 싶어, 그가 나타나면 괴성을 지를 테야
어머니, 저의 무지로 떡을 해 잡수세요
나는 뭔가를 늘 원해왔다
난 손금을 얻었다
하나가 좋으니 만사가 다 좋단다
그 하나는 어디로 가는 것일까
무엇에 의지해야 내 마음이 편할까요
저 건너 언덕이 보이지 않아요
대신 그녀의 젖무덤이 이 시리게 희다
여배우와 결혼한 사람도 죽는구나
청천 하늘에 여자 벼락이로다
너의 이름은 내 비밀한 주문이야
나는 화장실에서도 네 이름을 외운다
내 동공으로 목을 축이고 싶은 붉은 까마귀들이
타클라마칸 사막을 선회하고 있었지
용산의 기지 안을 거닐고 싶어
나의 고향은 거기야

마침내 단비가 내리고 있었어
나는 긴 혀를 내어, 구름과 프렌치 키스를 했지
나는 살아난 거야
이미지, 나는 뼈대로만 서 있다, 할을 하려 해도 목이 잠겨
이미 사라진 이름들, 이름만 남은 비석들, 이름 위해 날뛰는 인생들
내 이름에는 신통력이 있어
나는 투명 인간이다, 너의 부담스러운 몸을 뚫고 나아가리라
이상하다, 오늘따라 화병의 꽃들이 왜 이리 무거울까
기상하기 전에 도를 깨닫고 싶다
홍해를 건너는 모세처럼
나 저 언덕에 나아가리니
아무 방해도 없이 걸어가리라
사람들은 그냥 이쪽에서 멍하니 구경하리라
따라올 염도 못 내리라
내가 간 길, 다신 물로 채워지지 않으리
방귀가 잦으면 해탈이 가깝다
아버지, 저 버티고 있나이다
며칠째 전화가 없다, 나의 마음을 벗들이 간파하고 있다
눈물의 성분엔 미량이나마 진리가 들어 있는 듯해
울고 나면, 천국에 들어온 느낌
나는 무엇을 선전하고 있는 것인가

우린, 애욕의 싸움에선 백전노장이다
아깝다, 할 만하니까 은퇴하란다
오래전에 읽은 책들, 모두 어디로 갔을까
도서관의 우주 속에서 탕진되는 진리들
내 카르마의 계량기가 경고한다; 진리를 질질 흘리지 마
어머니, 수도세가 너무 나와요
용왕님이 노하시겠어요
머언 옛날, 이상하게도 늘 행복했지
지금이 그 옛날이라면
인생은 쇼, 쇼, 쇼,
나는 사회를 볼 거야

거꾸로 선 꿈을 위하여 9

내가 살고 있는 곳은
단 오 분을 기다리기 싫어한다
빨리 먹는 자들은 빨리 갈 것이다
나의 섹스, 우주에 아무런 영향력 없는
내 성기만이 자루 없는 도끼처럼 빛난다
그것은 애꿎은 허공을 벌목할 뿐,
허공은 관습적으로 피를 흘린다
뛰고 싶다
어두운 밤중에 희게 빛나는 우주의 이빨
달걀 속에서 꿈틀대는 황금 거위의 외로움
나는 너무 많은 것을 원했다
아픈 몸이 낫고 나면, 나는 원하는 것이 없으리라
난 무수한 슬픔의 알갱이를 털어버렸다
너의 깃발 아래서 쉬고 싶어라
음식이 들어가면, 내 몸이 화를 낸다
사실은 마음의 분노이리라
배부른 만큼, 나의 언덕은 점점 멀어져만 가므로
나의 잇새는 누구의 지옥일까
나는 다른 사람과 다르다고 생각했다
좋은 의미든, 나쁜 의미든
그것이 나의 유일한 자존심이었는데
이제는 믿을 게 없다
내 마음의 촛불은, 어디로 가서 불씨를 이을 것인지
이어진 그 불꽃이 다시 내 마음 될까

허전해, 허무해, 허망해,
내 마음의 세 허씨가 날 괴롭힌다
금강산 참회하나이다, 지리산 참회하나이다,
나는 경전에 너무 많은 것을 요구했다
경전 앞에서 나는 숨이 가쁘다
우주의 똥구멍, 나는 너의 부활을 기다리고 있다
밤하늘은 지상의 인간들에게 쇼를 보여주기 위해 있다
그 쇼의 이름은 은빛 바다의 버림받은 딸이다
그녀는 오작교 위에서 섹스한다
언제 보아도 자연은 포르노이다
공자님만이 배우고 또 배운다; 그는 간신히 태어났다
언젠가 아름다움이 온 세상을 지배하리라
그때, 나는 어용 예술가가 되어 있으리라
월급도 받으리라

거꾸로 선 꿈을 위하여 10

우주는 짐짓 여자이리라
펄럭이는 그녀의 치마
또는 희멀건한 그녀의 각선미
나는 사랑한다, 또는 관측한다
나의 천체 망원경은 늘 발기 상태에 있다
짐짓 남자일 수 없어
포르노의 진리 앞에 난 위축되어 있지
나는 이제 풀이 빠진 것 같다
그래도 장가를 가라 한다
청산이 날 에워싸고 장가가라 한다
어머니, 저 이제 여자에 맛을 잃었나이다
당신께만은 거짓말을 할 수 없어
그녀의 갈비뼈에 평생 갇혀 지낼 뻔했다
나는 파랑새, 그녀의 심장을 먹고 살지
어머니, 당신은 왜 여자입니까
여자에게서 걸려오는 전화만을 받는 나날들
독사의 아가리에서 난 태어났지
가장 무서운 쾌락, 신경증, 그리고 남색으로 향하는 정거장
나는 무서웠던 거야
어머니, 얘가 바로 내 정부예요
나는 며느리를 데려올 능력은 없어
농촌 총각과 나는 크게 다르지 않다; 나는 시 총각인 것이다

온 세상의 처녀들이 두려워하는 시 총각!
나는 처녀를 데려올 만한 식민지가 없다
어머니, 얘가 나를 불쌍히 여겨요
사진 속의 미녀가 아름다워요
창포로 머리 감은 처녀와 하루만 살고 싶다
어머니, 이것 좀 드세요
난 이제 효자 흉내를 내고 있다
난 우주를 봉양하고 있어
난 우주를 위해 겨울에도 매화를 찾아낸다
먼지 안에 매화가 있네
꽃노래 부르며 술 한잔 마실 날들이여
나, 긴장되어 있다
누구의 배를 빌려 아이를 가져야 하나
노는 공주 어디 없나
나는 상상할 수 없어
공자님의 섹스를 말야
인류가 짐승이 되는 시간의 오롯함
문명이라는 이름의 등잔에는 심지가 없네
그런데도 언제나 휘황하지
종말이 올 때까지, 우린 내처 즐기리라
난 무얼 위해 내 몸을 태우나
하늘에는 하느님의 걱정이 뻥 뚫려 있네
졸리워, 나는 한잠 자야겠어
늙을수록 향기에 예민해져

카시오페이아에서 온 향기가 지금 막 내 코를 스쳤어
냄새 때문에 난 윤회하는 것이다
개처럼, 킁킁거리며
그러므로 인간이다
날 말려줘, 날 때려줘, 날 눕혀줘
저 언덕에 한 여자가 서 있네
버릇처럼 나는 이름을 알고파 해
그 이름 앞에 예배드리네
나 또한 이름이 되어

눈물의 일생

인생 혹은 거품의
눈물,
그 생애에 걸친 소금기

눈물은 왜 바다처럼 찝찔해야만 할까

폭풍우, 폭풍우도 없이!

밤 그리고 또 무엇이

남몰래 간직한 사랑의 힘으로
하루하루 필사적으로 살아갑니다
—함성호의 「비와 바람 속에서」

이 밤
난 울고 싶었지
그러나 꾹 참아야 했어
난 유행가 아냐
난 제법 엄숙해

허나
나의 번뇌는
꼭
노래로만 떠돌지
미쳐도 곱게 미친 거야

붓글씨, 서도를 배우고 싶어
의미보단
아름다움 더 소중해
이게
요즘 깨친
내 살림살이야
그렇지만 대고
베끼진 않겠어

난 한 건 할 테야
점점 흥이 나
힘이 솟아나

난 너무
(모든 일)
의도적으로 긍정하는 건
아닐까

(기복적으로 말야)

그렇담
난 역시 깜찍해
의도하는 순간
지나치게 어깨에
힘이 들어가는 것이
아쉬울 뿐야
힘!

힘이 문제야
힘이 세면서도
권세를 부리지 않는
그런 칠흑의 밤은 없나봐

이 밤
난 울고 싶었지
허나 참아야 했어
그러면서도 바라는 건
오오 겸손한 밤, 그리고 또 무엇이 있겠어?

나의 세끼 밥은
눈물방울의 별들 잡곡으로 촘촘
박힌
밤이야
밤, 밥이야

바다 사막

선인장엔 성기가 피어 있지
않았어 그래 난
처녀야 처녀야
외치며
선인장엔

그 부두 기억나
발뺌기조차
힘든 그
선창
비린내도 옹색하고

자정 너머
불 켠 선술집 찾아 헤매며
나는
내 탁한 삶
웬 겨자에라도 처바르고
싶었지
그 밤
바다 밑의 모래바람에
우리 두건
펄럭이던 일
모가지 잡고 낄낄대던 일
생각나

(모가지, 붙어 있어?)

우리 삶은 파랑의 사막에서 선인장꽃 찾기지 뭐

거봐, 접시 위의
내 거드름
꼬물거리는 산낙지였잖아
그깟 시인의
두부 가시면류관
무에 그리 대단타고

(대단한 건 바다이고 사막이고 동해를 접시째 돌리는 그 무엇이고……)

수평선 위
아침 무늬의 낯선
아지랑이,
검붉은 편도선 드러내며
뭔갈 보여주기 시작했어

속지 마
(그리고 날 위해 잊지 마)
그건 코미디고
암흑은 상제님이야

암흑을
썰물 지게 하는 모오든
건
신기루, 신기루야

흩어진 나날들

—아무런 상관없는 그런 사람들에게

내 인생은 변했어

대시인 고은과 마른 그 가수를
만나본
어느 즈음

—어두운 내 맘에 불을 켠 듯한 추억 하나

왼갖 종류의 삶,
그
공통 필수의 고통 속

(효봉 스님, 변한 제 사주도 봐주셔요!)

흐른다…… 흘러간다…… 내, 추억의,
토막, 시체, 한때, 나의, 에메랄드들……

(오 추억은 왜 엽기적여야만 할까요?)

어느 해거름

멍한,

저녁 무렵
문득
나는 여섯 살의 저녁이다

어눌한
해거름이다

정작,

여섯 살 적에도
이토록
여섯 살이진 않았다

영동 산보
—진리는 죽었다

아무나 따라가진 않으리 하지만 무작정 거리로 나선다 어느새 대로변의 장의사가 보신탕처럼
으슥한 골목으로 쫓겨와 있다 죽음의 출장소와 시민들이 일상으로 조우하는 일, 관리들은 몹시도
혐오하는 모양, 때문에 우리의 삶은 벽제를 그리면서도 생전엔 좀체
순례치 못한다 그에 비하랴 메카의 복된 순례자여, 종교 경찰의 회초리, 리야드를 경배하는 스커드 미사일
배재기 왕족들의 성지 도피, 아라비아의 슈워츠코프, 루시디는 어데 있을꼬
원왕생 호메이니 옹이시여, 이태원 쇠귀신 물리치던 한남동 모스크 코란 독경, 관리들은 참말 저어한다
아예 원천봉쇄, 죽음을 말이다! 시민들이 동요하기 쉬운—5월에는—더더욱 안절부절못한다
그 안절과 부절 못함을 아마 관료주의라 하는 것일 터 난 오월의 선악과에 매달린 메이퀸을 따먹고 싶다 그러고 나서
부끄러움을 배워도 늦지……(난 가만 있는데 세상이 그걸 비밀 교습한다)
죽음이 꼬리 치는 것만 보고도 언짢은 자들은 불행하다 구원의 관념만이 그들 것이다
죽음의 애무를 외설이라 내치는 자들은 불행하다 천국의 빗장만이 그들 것이다
헤지라의 나날들, 성스러운 예언자의 모래밭엔 빈 코

크 빈 썬키스트 빈 버드와이저 빈 빈 빈……

아메리카 여군이 벗어던진 브래지어, 일회용 개짐, 키스 후의 추잉 껌, 낙타누깔, 칙칙이, 콘돔이라는 이름의 애드벌룬(자신의 출생 여부를 내려다보는 기구 안의 벌레들이여)

고귀한 시절은 지났다 아버지 진리는 천박함에게만 고도의 살상 무기를 선사했다

진리는 죽었다, 적어도 아라비아 사막 안에선 죽었다 죽었다 사색이 된 고급 관리의 회전의자여

옛 장의사 자리엔 무지개 룸살롱이 들어와 있다 잠자는 죽음의 코털을 건드린 줄도 모르는 채

그들은 고모라의 일곱 빛깔에 목매달릴 것이다(혹 예민한 귀 없을까 미묘한 죽음의 발냄새 조응해내는)

장미다방의 급경사로 조심스레 하강하는 지방질 여인, 옆에 걸린 무지개는 거들떠보지도 않는다

근처 데미안 모텔에서 어느 시인이 쌍화차라도 시켰나 이슬 같은 그녀의 지방질에도 삐죽

가시가 있다면, 차 보따리를 건성 든 그녀는 날빛이 영 불쾌하다는 듯 영동의 궁륭을 이맛살로 휘이 둘러본다

은혜도 모르는 년, 이란 망상이 떠오르다 말고 나 또한 기우는 햇빛이 귀찮아진다 그래 나는 뻥 뚫린 오존층의 젯상도 받지 못했으면서

해에게 자외선 놔라 적외선 놔라 하고 있는 셈인가 총총걸음의 차 보따리, 나도 발길을 재촉하다 이내

건널목과 마주친다 모든 길은 건널목의 편도선으로 목젖에 걸린 장미 같은 행인들

주택가의 불교 사원에서 목어 울리는 소릴 떼 지어 듣고 있다 찰나 파란불이 들어왔는데도 난 건너지 못한다 이상타 자꾸 들린다

밥때가 되었는지 바리때 펼치는, 풍경, 죽비, 소리 저리로 건너가면(아제아제 바라아제) 삽시간이 모두

사라질 것만 같다 오늘따라 저 건너 네온 십자가마저 명랑하다 슬피 우는 마리아를 굽어보며 채 불도 켜지지 않은 입으로 깔깔댄다

여기는 남서울, 사랑의 메인 스트리트라고 어느 여류 명창이 갈파한 곳, 네 계절 모두 5월?

선문답 벌어질 듯, 마악 활구 십자가 붉게 물들이는, 지는, 태양 봄, 날의 오후

온 세상 눈물 올라

그대
눈동자 반짝
데구르르
굴러떨어지기도 전
날아가버렸다네

그대 반짝
빚어낸 새털구름이여
착
알아챘다네

그 구름
보슬 눈물
내 외투만 적시네

그대
눈동자 반짝
구름 되고 비 되고
마침내 반짝
으랏 번개 되고
번개 되고 남은
것들끼리 모여
천, 둥 개 둥개 천둥 되네

그래 천둥은
빛의 찌끼, 번개의 찌끼
내 귓구멍 쫘
놓은 소리의 딱따구리도
빛의 찌끼,
그대 반짝의 찌끼

(소리 되려다 만 이무기 반짝!)

그대 반짝
눈물 맺힐 때
내 귀 지레
갓난 천둥 위해
둥 개 둥개 이부자리 펴네

시인을 위한 윤회 강좌

견자 랭보는 겨자씨만한 하늘의, 에헴—하느님이 되어 있더군

고 하늘은 어눌더눌 아청빛의 모음으로 채색되는 중이야 어느 저잣거리

비린내로 다시 태어났을꼬, 염려턴 건 전수 기우였어

기나란 망했어도 그 나라 백성의 근심은 영겁토록 사라지질 않아

독창적 걱정 때문에 국위를 떨치는 거야 오오 내 몫의 축복 한 티끌이라도

삼세의 모오든 창의적 예술가와 함께 뮤즈여 그들에게 복록의 가랑비 내리시길

내 뺨을 스치는 나방이 한 마리에도 그 옛적 숭고했던 예술혼이 비장되어 있을는지 누가 알아 거미줄에 파닥이는,

다 떨어진 통영갓 같은 날개의 파리가 지장보살의 화신일지 누가 안담

누가 알겠어 내가 나처럼 생긴 손오공의 분신인지

아닌지 그 어딘가 나를 빼박은 중중무진의 동료 분신들이 가지가지 생업에 종사하면서

지 한몸 위해(저 식구 애지중지하며) 아글타글 살고 있을는지 누가 알겠어

내가 내 사골국물 훌훌 들이마시며 크어, 시원타—

하는 건지 내가 내 살점 저며가며 횟집 번창시키는 건지 그래

난 발바닥마저 합장하며, 옴 살바못자 모지 사다야 사바하…… 참회진언을 외워야 해 살생중죄 금일참회 투도중죄 금일참회……

오호 뉘우치다보면 넋 붙은 염부제의 일체 중생들이 공룡이었던 나의 전생처럼 서늘히 느껴져

진정 공경스럽기까지 해 해서 그제 아침엔 내 방의 바퀴벌레께

몸을 쭈욱 뻗는 티베트식 오체투지의 예를 올렸어

누구에겐 마치 내가 격렬한 자위행위라도 하는 것처럼

보였을지도 몰라 몸 받지 못해 내 방에마저 꽈악 들어차 있는 의지가지없는 귀신들에게 말야 나 역시

내 몸뚱이 의탁해 근근이 숨쉬고 있는 육귀일 뿐야

아아 아청빛 하늘의 랭보 하느님이 몹시 부럽군 그이는 산신 수신 목신 왼갖

잡신들과도 손쉽게 소통될 거야 허나 영검하지 못한 나의 신끼는

내 몸뚱이가 칠흑의 감방 같아 아무리 발버둥쳐도 탈주는커녕 통방마저 할 수 없어 그제 아침

내 예불을 받아잡순 고 바퀴벌레가 무량겁전 과거불의 화신이시길 빌어 물론 아니라도 상관없어

난 인사성 하난 밝거든 거저 잘 모르겠으면 일단 인사치레하고 보는 게 보신엔 최고야 근데 난

왜 바퀴가 바퀴로만 보일까(참말이야)

왜 부처론 뵈지 않는 걸까 공박사님 처방 좀 내주세요

제 육안에도 허공의 꽃다발이 만다라처럼 지천이군요
어젯밤 몽중엔 조주 화상께 여쭤도 보았어 스님, 바퀴도 불성이 있습니까
답 안 주시면 저도 코딱지만한 하늘 하나 분양받아 으험
하느님 노릇이나 할래요 뜻밖에도 노장님은
가라사대 있나니라(有) 하셨어 어엇 왠지
의심이 돈발하지 않네요 그렇죠 스님, 대체 폼도 나질 않아요 유(有)라!
유라!
조주는 어째 유라 했는고(너무 뻐언해용!)

진창

열네 살의 새벽까지 나는 창녀란 말을 몰랐다 고향에서 수백 리 떨어진 곳에 정착해서야 비로소 그들의 정체를 간파했다 돌연 멀리 있는 동무들이 낯설어지누나 간장 달이는 내음이 짭조롭던 그곳의 너덜한 그림책으로 난 예수의 일생을 배워야 했는데, 아아 가시면류관이 무디어오던 어느 날 골목 초입엔 독뱀의 송곳니 같은 문자들이 내걸리고 일순 코배기들의 발걸음이 뜸해지는 것이었다 워이워이 하루 아침에 병든 누렁이들의 천지였다 갓 쓴 노인은 어이해 과년한 딸을 찾아 온종일 미로를 서성대었던가 칠흑 속에서 이단옆차기로 엠피를 쓰러뜨렸던 부대 앞 당 수도장의 도끼대가리 형 우리 아부지 팔을 잡아끌던 풋내기 지지배들 그렇게 눈치가 없어서야, 라고 플라멩고 지배인이 중얼거렸다 어디서나 술래는 외로웠고 진흙 속에서 연꽃이 핀다는 말이 무슨 소린지 그땐 정말 몰랐다 저녁 어스름 내 중공식 따발총은 희끄무레한 누군가를 되게 갈겨야만 속이 풀렸다 주근깨 같은 총알이 박히고도 그들의 사업은 번창해가는 모양이었다 그 골목은 나의 글방, 천자문 대신 질척한 일상의 알파벳을 익혔지만 대통령 선거 때 거기도 담회색 보도블록으로 급히 단장되었다 실실 실웃음을 흘리는 인부들, 사뿐 즈려밟고 오시옵소사! 그후론 난 동지 팥죽 같은 진창을 디딜 길이 없었다 몇 년 후 떠꺼머리로 나타났을 때 그 여인들은 나를 정식으로 맞아들였다 어느새 이 몸은 손님이었고 날 위해 수백 개의 옥합이 깨졌다 불발탄이었다

정든 갈보들의 평퍼짐한 꿈들은 본토에 잘 안착했는지 지미랄 카터의 동정에 울고 웃던 가게 주인들 틈에서 짜장면 젓는 폼만 보아도 양갈보 똥갈보를 용케 구분하던 양민들 속에서 나는 그 옛날의 진창이 그리웠다 비록 연꽃으로 피어나진 못했더라도, 아아 이 몸은 그 진창의 아들일 터이니……

작은 문

어젯밤 나는 여자의 성기에 대해 꼬바기 너덧 시간
궁글려보았다 부처님 궁둥이가 깔고 앉은 연잎 같았다
너무나도 깜찍한 음지식물이기에, 팔만 사천 행에 달하는
장시의 구상이 절로 내 마음에 반짝였다
그리곤 물렁한 내 머리, 몸통, 마침내 불어터진 새끼발가락까지가
아찔한 계곡으로부터 서서히 빠져나오는
전경을 고요히 명상했다

갓 태어나
무구한 내 첫눈에
비친
어머니의
작은 문,

(완곡해야 하느니라 제발이다
하시는 눈물의 호소 들려온다)

어느 토요일의 메모
—내숭을 위하여

오늘 내 동생의 콘서트 그룹 지하실의 멜로디를 아시나요 소리와 즐거움 망할 음악 따르르…… 명상 앉아서 삼매에 듦

르릉 울린다 운다 다리가 저려 나는 달려갈 수 없고 달려

오기 꺼리는 전화벨만 울린다 목젖까지 덜렁대며 그악스럽게 흐으유 이제 달려

갈 만하니까 수화기는 묵묵, 부답 이미 타계한 어느 화가, (그를 추모하며 생전의 어록 되새김)

죽음 앞에선 예술도 부질없어요 한창때는 뭔가 이뤄보겠다고

푸우 이제 살 만하니까 살 만……, 고통의 수다스런

통화는 여자들이 좋아한다 내 가부장 철학은 성균관 앞뜰에서도 최첨단을 걷는도다 그래선지 난

여직 마누라가 없다 암퇘지들이 우리의 뛰룩, 뛰룩 슈퍼 종돈을 보자마자

똥오줌을 못가린다 이건 레토릭이 아니다 돼지계의 권위, 함 아무개 시인의 르포에 따르면

그야말로 생똥 생오줌을, 숙녀의 격조도 아랑곳하지 않은 채

눈자위 뒤집힌다 암퇘지의 눈동자, 그녀에겐 내숭이 없다

내숭 사라진 세상은 보안법 없는 남반부처럼 쓸쓸하다 나는 오직

내숭만을 연모한다 내친김에 잘빠진 내숭에다 깊숙이

삽입하고 싶다 한편 독신남과
독신녀의 그것은 에페형의 펜싱을, 허나 괴이타
사내의 내숭에선 왠지 알딸딸한 딸기 내음이 자욱하여라 백여시 내숭으로 뭉쳐진 그
여류시인의 시집은 종일토록 날 노동하게 했다 아니하게 하는 중이다 지금부로 난 전업 시인 겸 노동자다
시 노동자다 내 근로의 부가가치를 정밀히 측정해다오 날 세무 조사해다오 얼과 몸, 변증법적으로
금치산 당한 나는 그 여류에게 이렇게 속삭여본다
나 니 냄새 맡아도 돼? 아니 벌써 난 향기 도둑놈 그래도
팬티를 훔치는 거보단 양반이다 남자 껀 왜
빤쓰냐 미완의 대작 〈내 빤쓰 서역기행〉이여 역사의 사각 서역과 나의 쌍방울 사각
빤쓰 서역기행이 행복하게 만나려는 찰나, 또 벨이 울린다 난
시러곰 달려갈 것, 아니 달린다 달려
갈 만하니까 이제 달릴 만하니까 어느새 토요일 밤(열기 한 점 없는)이다 쉬라 한다 안식의 노회한 심야 방송이
유대 랍비까지 동원해서 쉬라 한다 안식이 날 에워싼 채
쉬라 한다 쉬라 한다(염려 마 난 노는 덴 프로급이야) 그래 부질없는, 것
하루해가 지니 나의 예술도 서산 너머로 곤두박질치는구나 부질, 부질이여 안식의 벽 앞에서 밤새 통곡하리니
바로 낼 이 땅에 후천개벽이 닥칠지라도 나는 이 밤 한

방울의 통곡을 심으리라 쌍꺼풀진 암퇘지들과 근육질의 종돈이
얼크러설크러져 있는 어느 별의 돼지우리에 또한(미처 통곡 싹트기 전)
한 떨기 남정네의 내숭 같은 알싸한 딸기를 심으리라

돼지우리서 따먹는 딸기맛이라니; 전업 시 노동자의 현실감각으로(결코 몽상의 시학 아닌)

케이크 위의 〈축 생일〉

ㄱ

죽음의 상투가 뷔페식당의 파티 상에 효수되어 있다 피 한 방울 흘리지 않는다 그래 그놈은 이미 구경꾼이 아닌 것이다

ㄴ

왠지 새벽은 삶과 가까울 거라 여겨진다 하루 중 가장 오염이 심한 신새벽의 찬공기를 생명력의 원천으로 깊숙이 들이마시는 도회지 건강족들의 허파꽈리여

ㄷ

무얼 써드릴까요, 라고 빵집 주인이 물었을 때 삽시간 할말을 잊고 있었다 연한 초콜릿으로 〈보안법 철폐〉를 부탁했다면 시라노를 닮은 그 주인의 코는 어떤 색조를 띠게 되었을지 혹 그가 빵집 시인이라면?

ㄹ

자는 것은 삶일까 죽음일까 또한 꿈은? (대체 꿈은 뉘역성을 드는지) 자고 일어나면 전날 밤보단 좀 젊어진다 하던데…… 그럼 죽음이란 돌이킬 수 없도록 다시 어려지는 일인가

ㅁ

해마다 엄마가 해주시던 수수경단과 생크림 케이크 사

이의 간극은 그랜드캐니언만큼이나 장관이로다 허나 그 틈새로 잔돌 하나 떨구지 말 것 얏호, 자연보호!

ㅂ

노선생이 일갈했듯이 공이 이루어져도 그 속에 머물 생각 말아야 한다 해서 생일잔치엔 생모가 초대되지 않는다 그이는 성냥팔이 소녀처럼 창밖에서 서성댈 뿐이다

ㅅ

악, 난 엄마의 콧구멍으로 태어났어!

문학동네포에지 052

거꾸로 선 꿈을 위하여

초판 인쇄 2022년 9월 23일
초판 발행 2022년 10월 3일

지은이 — 진이정
책임편집 — 김동휘
편집 — 김민정 유성원 권현승
표지 디자인 — 이기준 최윤미
본문 디자인 — 최미영
마케팅 — 정민호 이숙재 김도윤 한민아 정진아 이민경 우상욱
정유선 김수인
브랜딩 — 함유지 함근아 김희숙 고보미 박민재 박진희 정승민
제작 — 강신은 김동욱 임현식
제작처 — 영신사

펴낸곳 — (주)문학동네
펴낸이 — 김소영
출판등록 — 1993년 10월 22일 제2003-000045호
주소 — 10881 경기도 파주시 회동길 210
전자우편 — editor@munhak.com
대표전화 — 031-955-8888 / 팩스 — 031-955-8855
문의전화 — 031-955-2696(마케팅), 031-955-8875(편집)
문학동네카페 — http://cafe.naver.com/mhdn
인스타그램 — @munhakdongne / 트위터 — @munhakdongne
북클럽문학동네 — http://bookclubmunhak.com

ISBN 978-89-546-8892-5 03810

www.munhak.com

문학동네